Sandra Meyer

Spuk auf dem Martinshof

Mit Hufeisen-Quiz

Bibi & Tina

Lesen lernen

1. Klasse

ab 6 Jahren

Klett Lerntraining

Bibliografische Information der Deutschen Nationalbibliothek
Die Deutsche Nationalbibliothek verzeichnet diese Publikation in der Deutschen Nationalbibliografie; detaillierte bibliografische Daten sind im Internet über http://dnb.dnb.de abrufbar.

Dieses Werk folgt der neuen Rechtschreibung und Zeichensetzung.
„Hexspruch" ist ein Begriff aus der Welt von Bibi Blocksberg.

2. Auflage 2018

Redaktion: Susanne Stephan
Lizenz durch KIDDINX Media GmbH
Lahnstraße 21, 12055 Berlin

bibiundtina.de

www.klett-lerntraining.de
Redaktion: Jette Maasch
Umschlaggestaltung und Layout: Sabine Kaufmann, Stuttgart
Autorin: Sandra Meyer, Stuttgart
Illustrationen: Madlen Frey und Till Bayreuther, Greven
Satz: tebitron gmbh, Gerlingen
Druck: Aumüller Druck GmbH & Co. KG, Regensburg
Bindung: Conzella Verlagsbuchbinderei Urban Meister GmbH & Co KG, Pfarrkirchen
Printed in Germany
ISBN 978-3-12-949529-2

Inhalt

Überraschung!

Auf dem Martinshof ist heute
großer Putztag.
Der ganze Hof wird
von oben bis unten
blitzeblank geputzt.
Alle helfen fleißig mit.

Bibi und Tina putzen die Fenster.
Da fährt eine Kutsche vor.
„Das ist doch der Mühlenhof-Bauer",
wundert sich Bibi.
„Was macht er denn hier?"

Die Antwort kommt sofort.
Aus der Kutsche steigt …
„Tante Paula!“,
ruft Tina erstaunt.
Der Bauer hat sie vom Bahnhof
zum Martinshof mitgenommen.

„Überraschung!“, ruft die Tante
und stapft freudig zum Haus.
Damit hat keiner gerechnet.
Auch Frau Martin ist baff.
„Na, dann herzlich willkommen!“

Tante Paula will helfen ...

Bibi und Tina sollen den Koffer
ins Gästezimmer bringen.
„Der ist aber schwer!“,
stöhnt Bibi und hext:
„Eene meene mein,
Koffer, schwebe rein! Hex-hex!“

Tante Paula möchte sich gleich
nützlich machen.
Sie will einen Kuchen backen.
„Ich habe ein neues Rezept
für einen Apfelkuchen erfunden!“,
erklärt sie stolz.

Danach will sie Wäsche waschen.
Frau Martin seufzt.
„Sie möchte doch nur helfen“,
sagt Tina und Bibi ergänzt:
„Also, ich freue mich auf
den leckeren Kuchen!“

Doch was ist das?
Die ganze Wäsche ist rosa!
Tante Paula hat wohl
eine rote Socke übersehen.
Und in der Zwischenzeit
verbrennt auch noch der Kuchen!

Das hat gerade noch gefehlt!
Frau Martin ist sauer.
Tante Paula tut alles sehr leid.
Sie möchte Frau Martin und
die Kinder wieder aufmuntern.

„Lasst uns ein Lagerfeuer
machen!“, sagt sie freudig.
Frau Martin hat Bedenken,
denn die Ferienkinder sind müde.
„Och bitte“, betteln Bibi und Tina
und können Tinas Mutter überreden.

Als es dunkel wird,
sitzen alle am Lagerfeuer
und machen es sich gemütlich.
Tante Paula spielt ein Lied
auf ihrer Mundharmonika.
Plötzlich ertönt ein Knall.

Alle zucken zusammen.
Nur Tante Paula schmunzelt.
„Das war bestimmt Kurt“, sagt sie.
„Der Kobold Kurt vom Martinshof.“
Das Ferienkind Ella sieht sie ungläubig an.

„Ja, Kurt macht gern Radau“,
kichert die Tante.
„Tante Paula macht nur Spaß“,
beruhigt Frau Martin das Kind.
Bibi stimmt noch ein Lied an,
und Kurt ist schnell vergessen.

Hier spukt es doch!

In der Nacht wird Ella wach.
Sie will ein Glas Wasser trinken
und geht zur Küche.
Als sie die Küchentür öffnet,
huscht etwas an ihr vorbei.
Ella erschrickt.

„Das war doch nicht etwa …“,
denkt sie voller Angst.
Sie läuft so schnell sie kann
zurück in ihr Bett
und verkriecht sich
unter ihrer Bettdecke.

Am nächsten Tag gähnt
das Mädchen pausenlos.
„Du bist aber noch müde“,
stellt Bibi besorgt fest.
„Kannst du denn reiten?“
„Klar!“, antwortet Ella schnell.

Sie möchte unbedingt
mit den Anderen ausreiten.
Und vor allem nicht länger
an Kobolde denken!
Auch Tante Paula freut sich.
Sie wartet schon im Pferdestall.

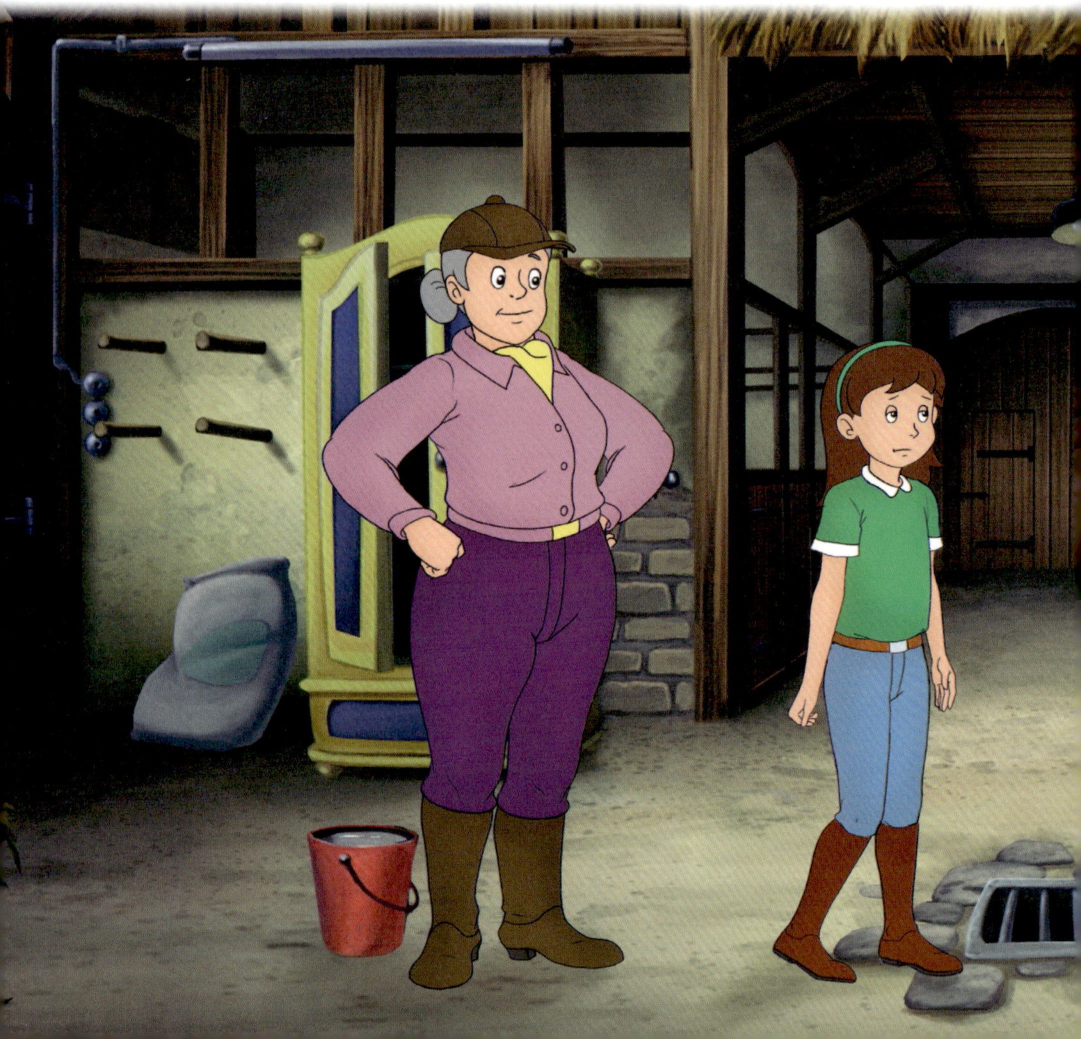

Beim Satteln der Pferde
macht es plötzlich „platsch!“.
Die Tante hat aus Versehen
einen Eimer Wasser umgekippt.
Ella wird kreidebleich.
„War das Kurt?“, flüstert sie.

Tante Paula hat Mitleid mit Ella.
„Aber nein, mein Liebes,
Kobolde gibt es gar nicht“,
erklärt sie sanft.
„Das war doch nur ein Witz.“

Genau in diesem Moment
fällt mit einem lauten Plumps
eine Schaufel auf den Boden.
Und ein Knäuel aus Stroh
hüpft hinterher.
Jetzt machen alle große Augen.

Noch eine Überraschung

Das Knäuel dreht eine Runde
durch den Pferdestall
und düst dann wie ein Wirbelwind
hinaus in den Hof.
Bibi hat eine blendende Idee.

Sie schnappt sich blitzschnell
Tante Paulas Reitkappe,
rennt dem Knäuel hinterher
und fängt es damit ein.
Jetzt sind alle gespannt,
Ella ganz besonders.

Bibi dreht die Kappe um
und sagt lächelnd:
„So einen niedlichen Kobold
habe ich ja noch nie gesehen!“
Auch Tante Paula lacht:
„Das ist doch meine Mietzi!“

Das Kätzchen hatte sich
vor Tante Paulas Abreise
in der Hutschachtel versteckt.
Ella atmet auf.
Endlich ist der Spuk vorbei!
Und alle schließen Mietzi
sofort in ihr Herz.

Hufeisen-Quiz

1 Auf dem Martinshof ist heute …

B ◯ … großer Puztag.

M ◯ … großer Putstag.

L ◯ … großer Putztag.

2 Wohin sollen Bibi und Tina Paulas Koffer bringen?

E ◯ ins Gästehaus

A ◯ ins Gästezimmer

I ◯ ins Gastzimmer

3 **Tante Paula will einen Kuchen backen.**

R ◯ Sie hat ein Rezept gefunden.

G ◯ Sie hat ein Rezept erfunden.

S ◯ Sie hat ein Rezept empfunden.

4 **Tante Paula geschehen einige Missgeschicke. Die Wäsche wird rosa, ...**

A ◯ ... nachdem der Kuchen verbrennt.

E ◯ ... während der Kuchen verbrennt.

U ◯ ... weil der Kuchen verbrennt.

5 **Tante Paula schlägt vor, ein Lagerfeuer zu machen. Wie reagiert Frau Martin?**

S ◯ Sie ist wütend.
R ◯ Sie ist besorgt.
T ◯ Sie ist traurig.

6 **Tante Paula spielt Mundharmonika. Das ist ...**

K ◯ ... ein Streichinstrument.
F ◯ ... ein Blasinstrument.
V ◯ ... ein Schlaginstrument.

7 **Warum erzählt die Tante von Kurt?**

I ◯ weil ihr langweilig ist
E ◯ weil sie witzig sein will
V ◯ weil sie an Kobolde glaubt

8 **Ella hat schlecht geschlafen, ...**

O ◯ ... weil sie durstig war.
U ◯ ... weil sie verängstigt war.
E ◯ ... weil sie krank war.

9 **Wann bemerkt Bibi, dass der Kobold ein Tier ist.**

T ◯ als die Schaufel umfällt
N ◯ als der Eimer umfällt
E ◯ als etwas durch den Stall düst

10 **Was ist ein Kobold?**

R ◯ Es ist eine erfundene Figur.
F ◯ Es ist ein alter Mensch.
L ◯ Es ist ein Katzengeist.

Lösungswort

Hast du alle Quiz-Fragen beantwortet? Dann trage hier die Buchstaben der richtigen Antworten ein.

1 2 3 4 5 6 7 8 9 10

Tipp: Das Lösungswort hat etwas mit der Geschichte zu tun!

Bibi&Tina®

Mein Wunschzettel

Noch mehr Lesestoff mit den beiden Freundinnen ...

ISBN 978-3-12-949409-7
Habe ich schon.
Wünsche ich mir.

ISBN 978-3-12-949333-5
Habe ich schon.
Wünsche ich mir.

ISBN 978-3-12-949495-0
Habe ich schon.
Wünsche ich mir.

ISBN 978-3-12-949394-6
Habe ich schon.
Wünsche ich mir.

ISBN 978-3-12-949080-8
Habe ich schon.
Wünsche ich mir.

ISBN 978-3-12-949258-1
Habe ich schon.
Wünsche ich mir.

ISBN 978-3-12-949090-7
Habe ich schon.
Wünsche ich mir.

ISBN 978-3-12-949395-3
Habe ich schon.
Wünsche ich mir.

ISBN 978-3-12-949069-3
Habe ich schon.
Wünsche ich mir.

ISBN 978-3-12-949257-4
Habe ich schon.
Wünsche ich mir.

ISBN 978-3-12-949062-4
Habe ich schon.
Wünsche ich mir.

ISBN 978-3-12-949494-3
Habe ich schon.
Wünsche ich mir.

ISBN 978-3-12-949334-2
Habe ich schon.
Wünsche ich mir.

ISBN 978-3-12-949529-2
Habe ich schon.
Wünsche ich mir.

ISBN 978-3-12-949531-5
Habe ich schon.
Wünsche ich mir.

Das Erstlese-Buch zum Film:

ISBN 978-3-12-949408-0

Ein Muss für alle Bibi&Tina-Fans: mit vielen Originalfotos aus dem Film!

Habe ich schon.
Wünsche ich mir.

bibiundtina.de

Erhältlich im Buchhandel.
Weitere Infos: www.klett-lerntraining.de

Mein Lese-Pass

Hier kannst du dir deinen eigenen Lese-Pass basteln.

- Schneide die gegenüberliegende Seite an der gestrichelten Linie heraus.
- Falte die Seite in der Mitte.
- Schreibe deinen Namen in das Feld.

Hier kannst du eintragen, wann du 10 Minuten gelesen hast. Bibi und Tina freuen sich, wenn du regelmäßig liest, denn: Übung macht den Meister!

Viel Spaß beim Lesen wünschen dir Bibi und Tina.

Bibi&Tina®

Mein Lese-Pass

Name:

Klett

Ich habe 10 Minuten gelesen am ...	Unterschrift eines Erwachsenen	Ich habe 10 Minuten gelesen am ...	Unterschrift eines Erwachsenen